无限

典藏版

限

李元胜 著

事

重庆大学出版社

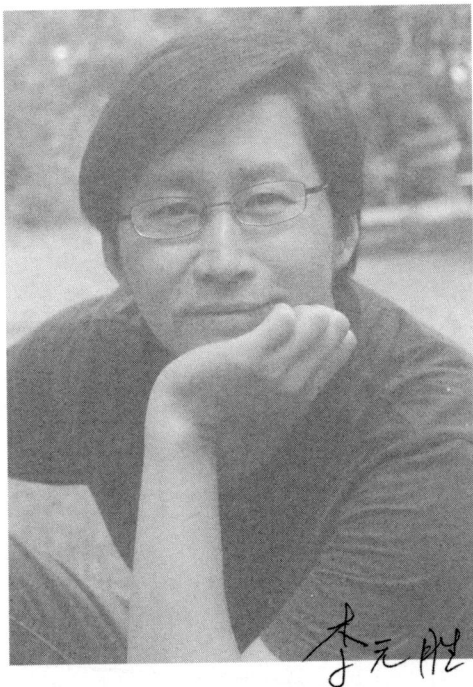

李元胜，男，1963年生。诗人、生态摄影师。1983年毕业于重庆大学电机专业。大学时期开始写诗。现为重庆文学院专业作家，重庆市作协副主席、中国作协诗歌委员会委员，曾获鲁迅文学奖、人民文学奖、十月文学奖等。

序

　　1981年的某个春日，我在重庆大学校园的树林里偷偷写下第一首诗，非常兴奋。没想到，之后漫长的30年，我会一直这样写下去。到现在我写了18部诗集。

　　我的诗集都没有超过40首，我认为这是诗集比较理想的容量。可惜，出版诗集的机会并不照顾这一理想。1994年，在重庆出版社出版了《李元胜诗选》（责任编辑傅天琳），选自《玻璃箱子》等6部诗集，当时其实写了9部诗集，由于学会了挑剔，另3部诗集一首未选。2003年，在重庆出版社出版《重庆生活》（责任编辑吴向阳），选自《景象》等5部诗集。

　　十年又过去了。在重庆大学出版社陈晓阳女士的敦促和鼓励下，我终于把新写的4部诗集及其他组诗选编成册。我是一个即兴诗人，永远不知道下一首诗要写什么，会如何写。写诗神游八极，探幽入微，是极放松而极有趣的事。但编选却非常残酷并让人懊恼，初选200多首诗，删到86首，心里仍不踏实，却不敢再删了。

由于前两本诗集出版时间太过遥远，又时常被朋友问及，此次从中选出26首，考虑了不同年份的代表性，供读者对照。诗风的变化是可以参考人生的，有脉络可寻，更多却是意外。这部分诗我以《另一个有相同伤口的我》为卷名——那是我青春中写下的一本小诗集，自己偏爱，多不发表，可惜很多篇目因此找不到了。

一场春雨后，我家露台的紫藤开出层层叠叠的花。春风拂来，一地花朵。每天收拾数次，还是凌乱不堪，好在这凌乱也是美的。

诗其实是改定之时就完成了的。选编不过是收拾落花而已，而且很可能是无用的收拾，写作的繁茂和凌乱，其实没法纳入书的秩序。这样一想，心里也就踏实了。

李元胜

2012年4月2日

目 录
CONTENTS

卷一　无限事（2011—2012）

卷二　总有此时（2010）

卷三　尘埃之想（2003—2005）

卷四 因风寄意（2006—2009）

李元胜谈诗录

卷一

无限事

（2011—2012）

青龙湖的黄昏

是否那样的一天才算是完整的
空气是波浪形的，山在奔涌
树的碎片砸来，我们站立的阳台
仿佛大海中的礁石
衣服成了翅膀
这是奇迹：我们飞着
自己却一无所知

我们闲聊，直到雾气上升
树林相继模糊
一幅巨大的水墨画
我们只是无关紧要的闲笔
那是多好的一个黄昏啊
就像是世界上的第一个黄昏

2011.5.10
2011.11.13 改定

2

散　步

从来没有真正的路过
我散步，其实已参加
这条乡间小路的复杂变化

我的脚步，牵动尘土的脚步
我的呼吸，扰乱灌木的整齐呼吸
我的安静，叠加着整个树林的安静
我的波澜，让眼前一切转眼盛况空前

我再也没有离开
也再也没有停止
我移动，绷紧两边的田野
空气迅速充满细小尖锐的我

2011.5.20
2011.9.12 改定

旅 行

我经常站在书架前犹豫
就像置身于庞大的巴士车站
每辆巴士都会把我带走
而终点从未明确

我经历过多少次出发
在很多层不同的世界
每辆车，都可以装下无限多的乘客
这样的旅行是多么辽阔啊

2011.7.10

月　亮

天空无云，明月高悬
今晚，它看起来那么真实
仿佛未经打扰
也没经过推敲和装饰

我们创造的众多月亮
终于，像云雾一样散开了
像历史上的人类生活
一样散开了

它仅仅就是月亮而已
这个简单的事实
让我感到迷惑又神奇——

它永恒的运行
曾经和我们无关
以后，也可能永远与我们无关
它运行着，不发光
不带着我们
只带着自己浑身的凸凹

2011.9.3

缘　起

青涩的柚子里，有一个伤心的男孩
雏菊花瓣，交叉着手指
重叠着微笑的少女
榕树遮着一个抱着巨大黑暗的老人
天亮了，他还犹豫要不要放下
银杏从黄叶里挣扎
就像思想，要摆脱所有笨重的例子

多么饱满的美丽秋天
有什么理由能让我相信——
自己和它们
都来自于遥远的虚无

2011.9.20

朗　诵

树林终于拉弯了，像绷紧的弓
我迎头撞上
一个深蓝色的海湾

浆果，雨点般落下
甜美的打击
啊，那落叶下面
一层层的果核开始醒来

醒来，请不要停止
珊瑚礁散开
哦，那干净气息中
缓慢飞行的浆果

请不要停下来
在你的朗诵中，我也醒来
带着浑身沉睡已久的火山

空中的那些铁轨
看不见的站点
交错，单词穿梭

请不要停止，那黑暗

那深处的岩浆

声音轻微颤抖

成群的飞机优美地滑落

像大海，突然

向空中跃起，那一刻

我看见了所有遗忘的事物

它们还在，还在

滑落着，缓慢组合着

像久违的深蓝色海湾

等着我更猛烈地

撞上来

2011.11.2

遥 寄

清晨，天空是玻璃的
他俯身，岩石间的野花
大地的嘴唇
就像从一面镜子里浮现出来

这是告别的一种形式
而且是反复的，缓慢的
野花在喃喃低语
多年后的夜晚，星星的轰鸣
盖住所有的纸张

他敲打的字有清晨的玻璃
他按下的每一次快门
都有沉重的停顿，像诀别
像天空瞬间扑向大地

2011.11.3

荒　凉

我要证实自己的恐惧
那夏夜曾经历的
秋天，黄叶飞舞
还需要再次经历
我的奔赴已经转向
所有的路口朝着另一面

证实过人性的复杂
仍需要，证实人性的荒凉
我必须造访高耸的冰川
隐秘的沼泽
还有，当年我曾经路过的
无边荒漠
这一切取决于——
我是否敞开得足够

是否还有，陌生的边界
未经检讨的积雪
这趟赴死般的旅行
我打算沿着这条潮湿的路
用两个小时左右，独自完成

2011.11.7

迟　滞

我的皮肤变硬，手指
能触碰到下面的冷块
身边堆积着书籍
但我的阅读，像乏力的敲击
带不来一点热量和火花
正午，阳光和我
还隔着一个车间的距离

真的有点悲观了
车间高速印刷着黑暗
盲目的工人闪烁
阳光在上面的移动
必定是迟滞的
那里布满了文字的荆棘
深渊般的身体

2011.11.8

边框的话题

他在房间里布置镜子
边框结实，足以困住乱跑的老虎
它们还共同反射出
一条复杂的路
让迷路者有机会回去
这是出于谨慎，做梦时
他总在疯狂奔跑

他每天都在经过
生活的画展，有一刻
他惊出冷汗：难道世界
是用颜料构成的？
关灯，伸出双手
尝试摸一摸边框——
他真的渴望有这样的东西

现在他们面对面坐着
中间是一面镜子
一切都改变了
他们被隔离在
时间的不同角落里

2011.11.11

平　衡

密林中，光线的脚步是犹豫的
因为所有的树叶都在挽留
水汽升起，白色的舞蹈
让星球的运转变得迟缓
但是不管多迟缓，不管我和钟表
如何斤斤计较
爱，还是消耗了我很多生命
而厌倦，消耗着剩下的

回忆也改变着重量
像落叶，多数被无情地带走
只有这几片，落到我眼前
我们在时光里待得越久
被刮走的，就会越多
而空洞，就会越来越大
还好，我带着一本书过来的
它装订过，以某种顽固的秩序
让我和越来越辽阔的流逝
维持着平衡

2011.11.12

无望的爱

她的眼睛里，有深蓝的矿石
她的微笑中有橙红的

她的告别里，有灰色的矿石
进入他的回忆中
最终越来越浅，几乎接近白色

他的犹豫里，有泥土色的矿石
他的狂热中，有红色的
仿佛火焰

年复一年，他们平行着前行
在不变的距离里
那些铁色矿石，开始生锈

无望的爱，并非是徒劳的
他收集到越来越多的
珍贵矿石，它们在每一个细胞里燃烧

所以一个人的奔走
永远是双重的
冷漠的路人，怀抱着
即将倾覆的炼钢炉

上天就这样考验我们
收集、冶炼
直到步履蹒跚

2011.11.13

露　珠

它摔下，我会有轻微的失重感
那银色的碎片带来刺痛
我曾经像它，悬挂在某个枝条上
仔细观察每一个路人
用简单的反光，包含复杂
我抽掉它们的重量
只留下轮廓，就像素描

是的，在这浑圆、渺小的液体中
有着想象不到的
巨大空间，很多层的透明雕刻
无穷多的窗户

路过的不会是偶然的
那些浅灰的线条
服从宿命，安详地交织着
舞蹈着，仿佛中间有一座
我们看不见的教堂

它们是如此满足于瞬间，满足于
比芥子还小的沧桑
那时光的微粒

2011.11.14

停 顿

在一片羽毛上面，世界停顿下来
这一小块废墟
生命的纪念品，看上去轻盈
仿佛失事的航空器
它想回到前一个停顿，更早的停顿

无数的停顿连接起来
是一根细线，当世界重新运转
它飞过，把影子留在
一个老人的眼睛里

于是我们看到又一根细线
其实还有更多的线，在这个傍晚
在黑暗来临之时
死亡就像针眼，必须穿过它

永不停顿的，是宇宙
一场华丽的刺绣
在虚无上面，细线交织
包含所有时间、地点和物种

2011.11.18

一　生

他坚持着，仿佛站在
伸进大海的一段桥上
从一个单词上退出
也就退出了眼前的一切
波浪、暗礁，以及
急速掠过的海鸥
她惊慌失措，他为她
创造出的这个世界，危险而沉重
足以平衡她的空白
是的，她像一幅简笔画
有着太多无法填充的空白
他们告别的手
机械地握在一起
重叠的远不止
手的阴影，还有很多幻想
相似的羞怯
只是他们并未察觉
很多黯淡的日子，不管多漫长
过了也就过了
而这羞怯的握别，反复造访
他晚年的长夜

世纪运转得真慢啊

每座桥上，都有着

孤独站立的人

他是路人，过往的车船

过往的青春与盛年

再没和他重叠或交错

命运把他安排进另一部小说

文笔拘谨，情节沉闷

就像在一个钟表里

他再也没看到过

因为爱而惊慌失措的脸

2011.11.21

旅行的意义

这是茂兰，所有的事物都在旅行
燕凤蝶飞到新的夏天
旷野铺开成千上万的轮回

正午的稻田，我以我的燃烧
看见其他的燃烧
傍晚的渡口，我以我的痛楚
听到其他的痛楚

直到午夜，我还在雨林深处寻找
粗大的树根仿佛血管
通向同一个心脏，最后的图案
终于在纤细的枝条上显现

我找到那么多
在野象谷，在尖峰岭，在花坪
就像参加了一场拼图游戏
我必须找到每个图案
我个人的旅行才称得上完整

2011.11.23

对　话

你在干什么
噢，我在向上奔跑
在一个梦和另一个梦之间
有幽暗的通道
还有吱吱作响的楼梯

你在干什么
我在清理那些该死的种子
为了寻找沼泽
在梦中我穿过了旷野
现在，我裤脚挂满了细小的乘客

你在干什么
我在数花，那些未清理到的
在书架，在厨房
在我的电脑上
瞬间开花又凋落

再也没有人问了
这么多年，再也没有人问了
好像所有的梦都已做完
深夜，我在宇宙边闲敲棋子
但是没有灯花可以寂寞地落

2011.11.25

摆 渡

醒来时，我发现
自己浮在下午的空气中
在一滴酒里虚度，在沉重和轻飘之间
来回，误入多少良辰美景
比如一座废墟，比如燃烧着的希腊

我来到的时代意外的空
古老的城市只剩下轮廓
坚果内部坍塌，失去旋梯
古老的方言消失了，我只记得
女主角名字的偏旁

我来到的地方意外的挤
礁石塞满了视线，坚硬的细沙
从海边铺到脚下，而你脸上
拥挤着新闻、爱情和盲目的人群

船载着我穿过一滴酒
空气中，两排舷窗洞开
我厌倦了这来回的摆渡
在物理的挤和心理的空之间
钟声又响，我迷恋的宇宙正在变旧
它也承受不了更多的来回，昼夜交替

2011.12.2

沙巴岛即兴

蠑蜞菊谨慎地开放，沿着台阶
扶桑花同样排列整齐
而小路摆脱园林的人工
突然钻进了无边际的雨林
秩序里的意外，转眼别有洞天
这一切仿佛我们的沉思

漫长的木桥，烈日下
坚持延伸，海浪的摇晃
不能改变它的决心
那幻觉般的海礁，由于它的联系
成为我们的现实
不相关的事物依赖联想，这一切
仿佛我们的沉思

而天空终于开始下沉
乌云压向海岸尽头的人间
我仰着脸，准备迎接黄昏之雨
有什么区别呢，我们的沉思
创造了很多，但却不能
改变时间的进程，所有的景物
包括我们，正以某种速度收拢
终将形成同一件瓷器

2011.12.3

紫色喇叭花

晨光里，我想拍好
紫色的喇叭花，但相机力不从心
镜头没法解释如此美的紫色
始终犹豫着，在红和蓝之间
而我，只能看到酒杯般的花瓣
美得过分的紫色，斟得太满
简直就要溢出，它经过漂亮的曲线
突然收窄，仿佛那里有
不想公开的楼梯
漆黑的地下室，凌乱的砖头
遮掩一条神秘的路
在路尽头，没有紫色，没有相机
世界尚未开启，我们尚未出生

2011.12.4

北方之忆

这里是潮湿的缓慢的，在草丛上方
细小的水珠悬挂着
随风飘荡，如果我移动
身后的空气，就会
形成一条新鲜干燥的通道

在北方可不是这样
没有水珠，秋天的空气透明着
逝去的事物构成了它们
沙漠边曾经的国家，李白失传的小诗
都被吹起，在广袤的原野上

即使我奔跑，也不能
在身后形成短暂的空洞
密集的荒芜围绕着我们，仿佛
无边无际的编织之物
每当想到这里，我都会惊奇无比

2011.12.6

鸡蛋花

云南的草丛中，我第一次看见它
仿佛被孩子遗忘的纸风车，带着
折叠和修剪的痕迹
第二次在哪里相遇我忘了
总之往南走，在不同的海岛
我反复和它相遇
有时枝条光秃，有时繁花似锦
颜色不同，新旧各异
是一个比较笼统的整体
直到前天下午，我在海边沙滩上
尝试画出这天工的作品，它们
仿佛集体颤栗了一下
树枝和树枝重叠，花朵融入花朵
模糊的细节运动着，终于
组合出一株清晰、完整的植物
挺拔的枝条上，狂喜地
涌出白色、红色的花朵，而且
不再凋落，又一次
我和时光完成互相雕琢
我终于真正获得了它：鸡蛋花

2011.12.6

池塘边的清晨

熟悉的清新，他走着
沿开满牵牛花的栅栏
"空气中有香草的汁液"
她这样说过。为何
在喜悦时刻，总会想起她
过了这么多年，他的生活
仍然带着她的倒影

回到庭院，他在树荫里坐下
试图切开一个橘子，从新鲜伤口
意外地，和她一起的伤感日子
全涌了出来。这太奢侈了吧
他曾多么渴望，把它们
从那些艰难的旅途
挤出来，哪怕是一两滴
像珍贵的橙汁

2011.12.8

紫　藤

紫藤开花了：这本书
终于翻到了紫色这一页
很多诗篇沉没到地下，像熟睡的盐层
我们永远不能读到
而新的发芽牵着一切上升
地中海的落日，俄罗斯的白霜

它不止是一本地理之书
记载群山的轮廓，使用过的身体
叶脉谦逊地记录着游历
在陌生的国度，它的新一轮攀援仿佛回忆
有藤条坚硬的牵扯

隔着物种，我们从非洲出发
共同经历漫长的修剪
如今，盛装的它旅行到我面前
短暂的交错，它带上我留下的伤口
我带上它紫色的喜悦
花剪闪烁，新的一页正迎面扑来
我们终将搭乘下一次轮回，各奔东西

2011.12.10

白哈巴速写

从来没有尝试过
独自漫步在雪原上
没有一行脚印，仿佛世界的尽头
静止的美环绕着我

稀疏的树，露出巨大的空旷
我的足迹可以忽略，我的加入
不会增加画面的重量

这是我不能支撑起的存在
黑色鸟群像灰尘溅起
来自大地的强烈反光
让我不由自主地眯起了眼睛

2011.12.13

乘马爬犁驶向禾木附近的山坡

只有在这里，寂寥才是看得见的
它有着一棵树的形状
但是没有叶子，像盛开的铁丝
当大地运行，它们深深划伤着
天空巨大的琥珀

只有在这里，寂寥才是液体的
它有着一滴眼泪的温度
当我的眼眶四周全是积雪
当我在自己的局限里
为眼前的辽阔突然颤栗
而道路，已转向另外一边
像飞机向上昂起，分开空气

2011.12.13

喀纳斯镇的独自散步

在极寒高空，当上升的水汽
形成精雕细刻的雪花
一定有全新的生命出生
在正午的草垛，当积雪消融
雪水流出原野的眼角
一定有看不见的消逝

那些巧夺天工的美
存在过，却永远无人知晓
我蹲下，像一支蜡烛
照亮林中空地，一切美得让我心碎

在这个星球，每一天都是深渊
无边无际的诞生与死亡
充盈着每一个时刻，充盈着
我的每一次心跳
就在此时，就在阿尔泰山脉一角
很多的我在阳光下融化
剩下的经历这一切，仿佛新生

2011.12.14

我们所剩下的

每个人命运中，都有一个
不负责任的编辑
他在我记忆里随意裁剪
让它呈现完全陌生的面貌
比如那场风暴
他删掉了人物、地点和时间
只留下我的踉跄

踉跄？是啊。在朗诵中
你总是这样。我妻子说
那被删掉的究竟是一场晚会
还是被风暴搅动的山谷？
我们的双手，悲喜交集地拉在一起
仿佛幸存的树枝

但是每当我醒来，开窗
那不能删除的轮廓
就像阴影，覆盖着正午的露台
你是怎么想的啊，关于今晚的聚会
明天的花市
她奇怪地看着我

我看见书被翻开，吹过的风

有首诗跟跄着

留下的省略号，像熟悉的脚印

一定有一些背影存在过

一定有一些折断，发生在

我无法想起的地方

而我返回山谷，风和日丽

葡萄架整整齐齐，重新搭好的积木

一对恋人匆匆掠过我身边

轻盈得像蝴蝶，这样其实挺好的

我说，都行啊

我只是有一点担心天气

2011.12.14

题艾莉油画《世界是她放走的那只鸟》

这是不可能的，但是发生了
那些散落矿石和植物中的碎片
回来了，并由你的画笔重新拼合
她完整地回到，曾经伤害她的那个世界
由于惊讶，她忘记了伤口
忘记了羽毛下面密集的疼痛
她眼睛里冰块融化，河流苏醒
这正是她渴望的：在从未关闭的鸟笼里
仍然住着她隐秘的心
它如此辽阔，包含着缠满藤条的小提琴
胆怯的小鱼，没心没肺的云朵和旷野
以及，大地上所有后悔的人

2011.12.17

时光吟

时光呈放射形，它在容纳
越来越多的事物
而我，走动在它很小的局部
宇宙与之类似，浩淼无边地扩大着
而我深陷于其中一个星球

只有在夜深人静
我渺小的心，放下整个时间和宇宙
并把它们仔细比较
多数时候，我深陷于针尖大的生活
阅读，上下班的轨道交错
我深陷于母亲的病情，儿子
对事物的全新看法

又一次，我错过了看流星
那是宇宙演绎时间的轨迹
在这个蓝色星球的局部，我陷得那么深
我要经过多少次出生
多少次死亡，才能真正离开它

2012.1.6

湖畔偶得

夜晚之鱼挣脱了，鳞片散落天边

湖水若有所得，疼痛的小词

终于有一个斑斓的尾巴

垂柳袖着手，保持古代姿势

而它看不见的根系，展开潮湿的幻想画

时候还早，幼蝉在地下三尺闭目吮吸，不问昼夜

还需历经数年，它们才凑齐一套翅膀和云曲

柳啊蝉啊顺从于冬的沉默夏的疯狂

不知自己也是钟表的一部分

时光转动，风起了，我走过湖堤一如当年

身体似扁舟，我仍爱它人世间的起伏飘荡

时有靠岸之心，时有银辉满舱

2012.1.18

雨林笔记

就像边缘磨损的书

我喜欢无人光顾的小溪，林中空地

喜欢它无穷的闲笔

我喜欢树林像溪水一样经过我

喜欢阳光下，身体发出果肉的气息

我喜欢突如其来的电闪雷鸣

也喜欢雨后，群峰寂静无声

熟悉花朵仿佛旧友重逢

冷僻物种犹如深奥文字

我读得很慢，时光因为无用而令人欣喜

2012.2.20

不　再

和往昔一样，琴键上手指翻滚
玻璃车厢运来另一个时代
色彩斑斓的树林，走廊尽头急促呼吸
刮过这平庸的傍晚，刮过
不再相信奇迹的我

那曾经的痛哭旋律
那蔚蓝的不羁之心
惊起的鸟群，歌唱的街道
那样的日子不再，我也不会颤抖着
像风中的松针

2012.2.28

渺小的胜利

是谁掷出的纸飞机
在全新的世纪，我们飞着

历经折痕，历经每个黄昏的屋顶
每一天，都是渺小的胜利

我不知道，自己在书中
还是在晃动的地铁里
但我知道这一切必须继续

我是在写着这首诗，还是诗本身
但我知道这一切必须继续

那就这样吧，再来一个比喻
让我滑翔得更远一些

2012.3.8

总有此时

(2010)

节　约

只能很节约地想，比如

像一首歌那么长，也像它那么短

我一句话一句话地想，一个字一个字地想

很节约地，删除出自安慰你的夸张

删除，为了鼓励自己的虚构

我的想，就像一次不断减员的游行

规模越来越小，但步伐越来越坚定

段落之间，停顿

是你的突然生病，小小的插曲

变成一天，直到一年的主题

一切都必须节约的主题

在一首歌里，身体的节约是必须的

倾诉、散步的节约是必须的

甚至绝望和等待，必须精打细算

我做得越正确，就越是挣扎

我的想，终于删掉了道路、电梯

地下室和下面所有的楼层

像漂浮的阁楼

删掉了咳嗽、寒冷和拥抱

删掉了体重，终于

节约得像一首歌里，搭载的空白

终于，只有我能反复听到

2010.3.6

假　装

坐在花窗前，喝一杯咖啡
我们假装坐在欧洲的街上
就算没有坐着，也没有咖啡
我们同样假装着思考
感叹。假装自己有着悲悯

我爱你，我们假装爱着
假装着感动，假装着呼吸
假装着健康，在心中奔跑——
啊，那颗心
我们假装着它还活着

2010.4.28

曼陀罗花

你可以迁移到另一个城市
但生活不会，你可以旅行到新的年龄
但经历不会

它们永远在潮湿和炽热的南方。销蚀
在雨水中，隐痛着交织——
命运不会写下新的图案

从回忆的过道，由远而近
树枝。老旧的街
每年夏天，眼前晃动鲜艳的童装

唉，旅行有多漫长
收集的毒药就有多浓烈
夏天来了，它足够写出新的诗行

2010.5.6

月　夜

今夜，月亮高悬
我到过的地方都转向它
那些我倾听过的人，在各自的朝代
各自的书籍中，都在转向它

真的，黑暗中不仅有蜉蝣的翅
不仅有灌木。树叶的细语
大地录下了所有温存的转动
心跳。轻微的哭泣

有人远远地伸出了手
朝着，那些仰望过星空的人
朝着，那些消逝的灌木和细语

在这沉默转动的星球上
今夜，何人与我心有戚焉

2010.5.8

桑葚膏

仿佛是多余的，仿佛
黑甜的果实是一种错误
人们需要的是别的——
春天开始的，无穷无尽的桑叶

刚采摘的，有露水的气味
但有着不同于其他水果的
忧伤

经过复杂的煎熬
桑葚膏。稠密的黑色
带给我们的，是更深沉的
忧伤

就像我是装满淡水的容器
墨水似的忧伤
从舌尖扩散。像灌木的低语
扩散到整个清晨

桑葚的忧伤，露水的忧伤
历经磨难的

驯化植物的忧伤
集中在一起，田野的忧伤
只能是黑色的，只能是
含着痛楚的甜

所有事物，都屈从于命运
以各自的沉默方式
承受。各自无从排解的——
爱和煎熬

2010.5.9

给

有一些风雪我们未曾经历
有一些北方
永远不能成为我们的生活
我还是爱着南方，爱着这个
偏执的闷热的南方
也爱着多雨、植物繁茂
它的细腻和不可知

就像我爱着你，辽阔冷峻的你
也爱着，偶尔闪现
那一小块疯狂的你

是的，不同的你重叠着
有时和解，有时冲突
我爱着，它们之间的缝隙
点点野花悄然生长
我也爱着，它们交错时形成的——
破碎、弯曲的夜空
上面缀满陌生的星星

2010.5.12

总有此时

在我病卧的时候
谁在代替我奔跑，碰落一地露珠
在我灰心的岁月，是谁
在代替我爱着，像杜鹃
流出身体中的热血

在另外的星球，谁在代替我凝视
即将飞走的鱼群
在另外的时代
谁在代替我出生，代替我召集族人
渡过湍急的河流

是谁在代替我蒙难
谁在代替我哭泣，当群山沉沦
仁者不再出现
谁在代替我，经受
漫漫千年的屈辱

我沉默，但沉默得不够
我骄傲，但也骄傲得不够
总有此时，我代替着那些奔跑的人
那些歌唱过的人
那些未能渡过河流的人

代替他们呼吸、行走，承担生之琐碎
代替那些不能来到这里的人
代替消失的文化，灭绝的美丽物种
总有此时，大陆沉默，星光闪烁
我代替他们写下诗篇

2010.5.18

黑色的钟表

带枝桠的天空
并不适合做诗集的封面
墓地前的草坪，也不适合
因为诗集，并不是
高高悬挂的果实
也不是喑哑的纪念

我心目中的诗集
必定有着双重的身份

我微弱的心跳
搭载着春天狂热的心跳
我单调的嗓音，搭载着春天的抽泣
我的盲目和幻影
集中了一部诗集的真实
啊，我已安睡
绝望的泥泞还在溅起
我短暂的一生中，一切仍旧漫长
在那些苍老的词语里
有什么晃动着，像黑色的钟表

2010.5.26

我所信

我的身体，深埋着一棵古老的树
醒着的时候，它无迹可寻
当我熟睡，它开满繁花
并非为我而开
但是，我欣喜

我继承了古老的时间
古老的恐惧
光线移动在古老的铁链上
啊，我恰好是那发亮的一环

我疲倦的时候
眼皮，意外碰到它的绿叶
我奔跑，心跳到达极限——
无数根须飞舞于我四周

我的卑微，不妨碍它气象万千
像一封永恒的信
我只是信使，不知道
谁是书写者，谁是收件人
我的奔跑，是否能成为信中的一行？

我的倦意，是否在若干黑夜之后

尾随它继续旅行？

2010.6.17

咖　啡

呃，来一杯卡布奇诺
我只想简单地喝下它

你也知道，这是不可能的
至少想起了那个意大利人
他说：如果你在美好的东西上面
涂上一层泡沫
那么美好就更加美好

好像这只适合咖啡吧
很多美好的事物
我都尝试过，各种涂法，各种泡沫
结果就不用说啦

我还想起了走过的街区
像巨大蜂巢，却没有蜂王
人群就像无主的蜜蜂一样困惑着
忙乱，没有目的

多数时候，我们盲目着，谈不上美好
泡沫也就失去了意义

2010.6.20

口　音

我们口音还算接近，细小的差别
标志着我们的出发点
相距有百余公里

听得出来我们自私相同，虚荣接近
偶尔有些善意的想法
往往不切实际

听得出来我的故乡群峰高耸
而你那一带河汉密布

我们的分歧在于我需下山再下山
而你需要筑堤再筑堤
我们的共鸣在于
有些人既无须下山
也无须筑堤
这不公平，很不公平

总的说来
我有点上游的心不在焉
你有点下游的心怀怨恨

我喜欢你尾音里的那一段好听的滑翔

现在想起来

和我们之间那条河

那一段美妙的缓缓转弯有关

当时对这个细节有点忽略

现在想起来，真的很好听

可惜为时已晚

2010.6.20

墓志铭

好的小说须有基本的枯燥
好的电影，须有适当的闷
我理想的生活，当然
也得有基本的枯燥
适当的闷

我恐惧着过于精彩的故事
因为总有一天，会有人噙着泪
走到我面前：
兄弟，你演得真好
我都感动得哭了

好的友谊须有基本的距离
好的爱情，须有适当的缺陷
我喜欢你，缘于你微笑时
那细微的不对称

所以，好的人生
须有基本的无聊
好的时光，须有适当的浪费
让我们历经旅行和压抑
眼前终于出现
沙漠般的真实、冷峻之美

这样，当我挥别人世
终于可以欣慰地说——
谢天谢地
我没有相信过《读者》的说教
也没有过上它所描述的生活

2010.7.23

想　起

我经历的事情
足够写几个
雷蒙德·卡佛风格的小说

或许说，在人生的旅途中
我经历了一个又一个
足够偏执的小镇

我经历的人，多数晦涩
充满了线索，正好
和这些故事相得益彰

我至今没有推敲出
它们的寓意
甚至没有发现
它们之间的关联

噢，人生总是复杂的
比小说复杂多了

我还经历过别的
比如程度不同的疯子

我记得有一个人说过
人死了，身体无限大

透明，有很多山和河流
很多很多的野花
说得挺好玩的

现在想起，那样其实不错
真的，很不错

2010.7.28

不　寄

里尔克的《秋日》
我只喜欢冯至的译本
我坚决不买《IQ84》
是因为只相信林译中的村上春树

我的偏好
是狭窄、曲折的小路
它执拗地扑进野草的姿势
也一直让我困惑

时代正在抛弃
成百上千这样的小路
那就抛弃吧
反过来，我也一样

就醒着，读着，写着长信
而且不准备寄出
就当它是落叶纷飞

2010.8.2

折 射

我能记起的，是一生中的某些年
一年中的某些天
它们就像景象不凡的树林
每过一天，就会更加繁茂
其他的日子
不过是通向它们的小路
围绕着的田野

或者，什么也不是
只是那片树林的摹本
对它们的再次回忆，或模仿

这当然很不公平
我尊重每一个日子
每一份，被称为当下的时空
但记忆有自己的选择
而且非常固执

有时我倾向于服从，比如
在小区的夕阳里散步
想起几位死去的故人
阳光，突然呈现某种荒凉之美

仿佛光线，经过他们时
发生了奇异的折射

2010.8.8

卷三

尘埃之想

（2003—2005）

遥望李元胜之80岁

在冬天我也没什么可抱怨的
像河畔榆树，我有着痛歪的嘴
坚硬的膝盖

我总是喊错你的名字
我的老朋友要不相距遥远
要不就已经在另外的世界
绿了又黄，黄了又绿

我活过三次
因而欠下世界三首诗

尚须写诗献给老太阳
只有他，给我温暖却从不指责
第二首给我居住的城市
我全部生活，被它宽容地收下

最后一首我要献给
在我心脏里敲钟的人
感谢他无论风雨，从未歇息

2003.8.15

早晨的阅读或南山之雾

我移动，像在一张陌生的地图上
潮湿、灰白的事物
边缘发着微弱的光，和我一起
移动

就像误入另一个人的梦
线条变化，形成更大的空间
它容纳了我，容纳了我的移动
它还能容纳更多迷茫的人

身体，这残破的栅栏
不能阻止雾的涌入
更不能阻止它的填充
直至我移动着的边缘
渐渐完整，并开始发出微弱的光

2003.9.17

秋天的短歌

大地脱下鲜艳的夏装
露出激动的苹果

我的舌尖轻轻抵住口琴
爱情的簧片在黑暗中颤抖

所有血液涌向小路
而小路，勒紧了潮湿的田野

我的眼睛眨动两片金色的树叶
花朵敞开它幽暗、芳香的通道

在远处，太阳的葡萄酒桶已经倾斜
日子则在更远处的城市打着秋千

嘘——让它远些，远些，再远些
嘘——我们暂时不要回去

2003.9.17

亚龙湾之忆

海浪在每一片草叶里汹涌
发亮的梯子
斜靠在云朵的边缘

我在上面极目远眺
世界简化为无边的浪花

而身体蜷缩在树荫里
尘土满面，像是被主人遗忘的行李

2003.9.18

山水湖

溪水晃动细小的手指
穿过我空洞的身体，摸索而下

回忆的方向恰好相反
用更细小的针，试图把整个山坡缝纫

湖水像一张不再转动的唱片
它周围的耳朵也已沉睡

如果我停下，那在树林上面移动的阴影
会不会停下

如果我转身，遍地耀眼的新草
会不会从水面上重新窜出

多数时候，它们不是由回忆
而是由我们的遗忘滋养

2003.9.28

水中的废墟

这沉思中的头颅，像用旧的杯子
听凭藤蔓，在眼眶缠绕

芦草仿佛起伏的思绪
优美，但也许并无用处

存在不过是这样一杯苦涩的液体
由时光斟满，再摇晃着举起

我路过那里，我忘记了身上的藤蔓
我奔跑，也许这并无用处

我在这边，你在那边
时间有时收容我们在同一张纸上

有时我起伏，在另一颗头颅里
而我干渴的嘴唇在接近着杯子

我路过这里，我苦涩、摇晃、被举起
我消失于南山，消失于这无限的编织之中

2003.9.28

黄昏的散步

从信封里，有些犹豫地抽出
带着折痕的奔跑

繁花的山坡，春天的身体
仿佛蝶翅，在树林后面一晃而过

如果继续，如果能忍住疼痛
我还能路过更多的东西

比如针的闪烁，比如一个人的慵懒
比如画笔失手落下，比如一个人用颜料夜行

而信笺始终保持着对折
它薄薄地遮住了所有的呼吸和心跳

有什么是时间所不能看见的
我叹了口气，浓密的黄昏立即围了过来

2003.10.3

心灵为什么有股杏仁味

虚无像空气，把它层层包围
并逐渐成为它的一部分
先是私下的甜，后是公开的苦涩
走过的路，像系礼物的绳
小心收拢，深深地勒进去

只有曾经猛然收缩的心
没有交出，它拒绝了所有的融合
凭着对虚无的怀疑
凭着对自身卑微的精确衡量

2004.10.7

静夜思

露珠用它的晶莹回忆
它裹不住，千万面摔碎的镜子

树用它的枝条回忆，水用它的波纹
落叶的回忆是网，站台的回忆是重叠的脚步

所有的回忆都在变轻，旋转着
围绕着夜空中发亮的星座

太难了，要用回忆裹住破碎的时间
在我的犹豫中，街道下沉，像触礁的巨轮

2004.10.8

必 需

用一个早晨，告别所有的早晨
得到的是阵阵袭来的晕眩
用一场爱情，忘却所有的爱情
其结果是一切更加模糊、暧昧

缓慢的车轮，驶进莫测的道路
犹豫的手指下，短信在剧烈疼痛
告别是必需的，忘却是必需的
可是——心为什么被拉得这样紧

请删除，舌尖上的遥远甜蜜
请删除，春天到秋天的回忆
雨水是必需的，泥泞是必需的
一封信，从开始到结束，醉生梦死是必需的

2004.11.20

回　答

我已经顺从了命运

在这里我温和，没什么事也满心欢喜

而在外地，我不是诗人

不是孩子眼中耐心的父亲

我边角锋利，时时让人不快

我难以融化，只是一小块坚硬的重庆

2004.11.29

尘埃之想

我到了最有意思的年龄
青春咫尺间，暮年也不遥远
我正在学会平衡它们
就像当年，穿过学校林荫道，低着头
拼命平衡感性和理性

"老者和青年，我们
都在作最后的旅行"
肉体沉睡，心自顾行走，赤着脚
它只想蹚过一首诗形成的水洼

我正在学会平衡，在永恒的沉寂
和眼前可爱的起伏之间
身边冬天迟钝，心中群山奔涌
当我和另一粒尘埃拥抱
窗外，巨大的行星运行得犹豫、迟缓

2004.12.3

月亮的阴影

我做了一个梦，我的房间
是一个鸟笼
孤零地挂在高高的树枝上

在别的树枝上，还有更多的鸟笼
如果幸运
我能看到更多的翅膀和喙

这是令人沮丧的事实
我们什么也不是，只是自言自语
只是，无目的地挂在这里

我没有所谓的幸福生活
没有散步、写诗
也不曾住在树叶的背面

2005.2.7

土豆是盲目的

土豆是盲目的
当一个土豆，爱上另一个
它们羞涩地牵手，就像
被切细的丝条，交错地叠在一起
它们拥抱，代价更大
失去边缘，失去形状
还要经历碾碎成泥的过程

但是土豆没有后悔
它们前赴后继，拥挤着
朝着幸福，朝着虚无

只有一个土豆留了下来
脱离了集体，脱离了爱情
阴暗的怀疑，长出了绿芽
它悄悄积累了
生存所需要的全部毒素

2005.6.13

眼　前

我的回忆是一个房间
我的遗忘是另一个
多数时间，它们折叠成一对翅膀
让我疾行的脚步有些不稳

我的怜悯是一块玻璃
我的怨恨是另一块
偶尔，它们组成一副双眼望远镜
我看不到眼前
我只能看到遥远的事物

2005.6.14

都是你

每个事物，都有隐秘的地下室
包括树木，根须在那里纠缠
包括不着一字的白纸
看不见的断层互相挤压
滚烫的纸浆
从裂口喷涌而出

包括你，正在爱着的你
升降机运行着
送来复杂、难以理解的气息
我经历迅速的下降
漆黑中，出口和楼梯一晃而过

你是简单的
所以你包含了所有的事物
我遇见了树根、运动的纸浆
它们都是你
都是，复杂、灼热的你

2005.6.15

空气中的细丝无人发现

空气中的细丝无人发现
它们飘浮着，路过大街和房间
它们像落叶，下坠，又被风托起
婴儿摇晃小手，无法把它们抓住
老者迎风伫立，若有所思

它们经过了婚纱中的新娘，未曾停留
它们经过了葬礼，仍旧轻盈如初
在它们所经之处，在星空和大地之间
我们阅读，等待，消耗着激情
尘世的幽微依然无从知晓

2005.6.16

早晨的对话

"在干吗？"
在发呆，在等待衰老
哦，不，哪能在早晨就等待衰老呢
我在读一本描写大河的书
风景好，衰老也有诗意些吧

它很有名，被很多人读过
像一张渔网，拖过很多身体
如今重印，新鲜的封面
裹着很多人的旧贝壳
怕划伤手指，我小心翼翼

"在干吗？"
在做梦，脸埋在书里睡觉……
哦，不，我刚才是读它来着
一本充满波涛的书
风景好，也有些苦涩
只是现在呼吸有点困难
不小心，肺里灌满了它的泥沙

2005.11.15

医生的悲剧

我被麻药驱赶着，就像
一个居民，被迫逃出自己的房子

留下的木质的身体
被打开，被修整，被雕刻

他们一边赞叹，一边工作
他们雕刻出一个气度不凡的酒橱

是为了欣赏，或者庆贺吧
他们取来了各个年代的好酒

他们互相握手，拍照
完全没意识到自己的悲剧

因为我突然醒了，从发愣的他们的面前
起身离去，也顺便带走了他们的收藏

2005.11.22

窗 外

窗外的景色是我的创造之物
用视觉和痛苦的回忆
迎面的新鲜空气
同样由我创造，它的清新
似乎部分来自十岁时经过的麦田
黄昏的夕阳有着神秘的美
它一半源于我的恐惧
一半源于对过去的眷恋

2005.12.28

卷四

因风寄意

（2006—2009）

鼓浪屿

在海边放一块石头
在石头上，放一些树和小路
我觉得这差不多
就是鼓浪屿

我这样揣摩已经有几年了
因为经常有人在身边说
鼓浪屿

一个想象得太久的地方
我其实也不怎么敢去
怕从偏爱的远方里
再删去一个词

她的石阶，我好像已经坐过
她的安静，有一些锈迹的街
目光茫然的猫
都比较如我之意

最重要的是
站在礁石上
不管我是好人还是坏人
都会有浪花

很多浪花

一圈一圈从空中围过来

2006.2.25

空　气

那个死去的人
还占用着一个名字
占用着印刷、纸张
我的书架
占用着墓穴，占用着
春季最重要的一天

那个离开的人
还占用着机场和道路
占用着告别，占用着我的疼痛
所有雨夜

其他的人
只能挤在一起
因为剩下的地方并不宽敞
他们拥挤在一起
几乎失去了形状

每天，每天
我眼前拥挤着空白
我穿过他们就像穿过层层空气

2006.10.5

南瓜灯

多么喧闹，很多城市
拥挤在这一盏灯里
用它们的阴影遮住我的脸

是有一些秘密的通道
在身边，在容纳我们的时光中

我没有企图
对此视而不见
所有的路，所有的树
所有的灯光，所有的一切
都通向同一个地方

我只是还想停留一会儿
就一会儿
在喧嚣里，在我迷恋的泡沫周围

2006.10.31

十　年

我们有着某种速度，像火车
车头向前，车尾永远留在原地
人在远行，故乡留在原地
最爱的人留在原地
一切不过是撕裂、无限拉长的
道路，逐渐增加的空虚

2006.11.7

在肥胖的时代

在肥胖的时代，写清瘦的诗
时代越大，诗越小
时代越傲慢，诗越谦卑
每读一次，它就缩短数行
它从森林，缩小到树枝
还在不断缩小
直到变成坚硬的刺

2006.12.25

听西叶吹陶笛

她用她的帽子
微笑，用她的金属含住
陶笛，仿佛一种魔术
这笨拙的乐器，醒来
发现自己，成为神奇的车站

一列，两列，更多的列车
透明的，绵连的，声音中的金属
从那里飞驰而出
穿过空气
很多层，颤抖的薄纸

我有时是薄纸中的一页
茫然，不想写下任何文字
有时是列车中，一节摇晃的车厢
生着锈，仍在奔驰
西叶，请继续
我为什么要问终点在哪里呢

2007.1.27

起 飞

书合上的时候，一部分的我
留在了遥远幽暗的朝代
我缓慢起身，走向舷梯
我迈步，整个的它们在呼叫

多少次，我拒绝回应
飞机，像一小片创可贴
从冗长的跳道上猛然撕下
每次上升、起飞，都有伤口
留在迅速模糊的身后

2007.2.15

延　续

生活的目的就是去外地
认识陌生人，观察别的事物
就是出发，告别
就是忘记以往的生活

让人无法承受的，大地
也在和我们一起承受
我的心，栅栏的门，徐徐打开
我选择焕然一新的世界
我只能热爱它，才能藉此延续
对你绝望的爱

2007.2.18

佛图关小路

几年没到，它又完成了一次涂改
更难辨认往日的蛛丝马迹
黄叶飞动的树林和小路
仿佛一封模糊的旧信
每次读，都有新的发现——
我曾是多么粗心的人啊

我缓慢地读，若有所思地读
鸟群惊起，肩部没入暮色

2007.5.2

质　问

昨晚，有一条鲨鱼来拜访我
它接近窒息，抱怨
我从未贡献过一滴海水

难道真的没有伤感的事吗，它问

2007.5.25

因风寄意

夜晚就像一张薄纸
一个人，风中的宿命
借助车灯，穿梭纺织
悲伤是棉质的，但并不可见

有人起身，有人在附近弹钢琴
把自己越弹越远，最后到了异国
回来的路是漫长的，要擦破
很多层玻璃

是棉质的，甚至在我的呼吸中
像一支笔，深陷在字里行间
它说得越多，脚步就会越缓慢
身体中那艘巨轮
继续下沉，缓慢地，朝着不可知

弹钢琴的人，还没回来
其实所有的人，都没有回来
"你在哪里"
"我在重庆，在世上⋯⋯"

2007.6.10

欢乐颂

我在生锈，我的铁
在开着暗红的花，在进入空气
我在离开搁浅的船
在放弃，在告别，每一粒细小的我
拥抱着别的物质，微弱地欢呼

还没来得及分配的余生
在天空上，重新组成闪耀的钢铁
仅此一次，仅此一次
不会有百年，不会有一个人走来
我也不会把折叠的闪电
放入他的心中

2007.6.12

命　运

从剪断的枝条，缓慢地流出
一个喜欢旧音乐的人
他疼痛，但无须怜惜
他同所有事物
保持着一夜之隔

对我是感谢的，他说
过了这么多年
才知道自己已经出生
一切开始了，我要带着伤口
完成我所有的命运

2007.6.20

给

在写下的字里，有我携带的泥沙
在这杯酒里，有已经荒芜的葡萄园
有曾经的饱满，曾经的阳光
在我对你的爱中，有积累的退缩

只有用旧的早晨，我的身体
像一封发黄，经不起推敲的书信
我的口语里拥挤着过时的纤维
我的脸上，重叠着模糊的面容
尤其是，下一个路口来到之前
我的心里已经充满了歧途

2008.11.25

在尖峰岭

今夜，硕大的星星饱含水分
隔着层层薄雾
激荡的人间终于安睡
尖峰岭缓慢上升，带着露水
直到，我成为一座岛屿

就像往常那样，一切都在证明
你是另一座
众多的纸飞机
在我们之间，来回穿梭

这是大海也没能中止的
队伍，脆弱得随时像要断裂
细小得像悲哀
来回穿梭，永不停息
我的远离，只不过
徒然拉长了它们热切的旅程

2008.12.28

又一年

我的理想，是像一个优美的数学公式

简洁、坚定，经得起反复的演绎

给我古老的疑问，毫不犹豫

交出全新的结果

围绕着我的所有事物，在等号两边

翻滚，却维持神奇的平衡

但世界从来不是一堂数学课

你也不是，在所有的心灵

错误像野花繁茂

虚构的生活，又让我们增加了一年的罪行

2009.1.1

木姜子树

这是你们不曾了解的家族
与生俱来的知识，让它们饶舌、尖刻
每片树叶上，都仿佛坐着一个清谈家
当然，它们的表达借助了化学
借助了对气味的创造性发挥
从花到果，它们制造着无数的折叠旋梯
但是那些工匠却并不沉默
他们谈笑风生，他们的思想
像一些旋转的，边缘锋利的螺旋桨
由风带到四面八方

这些热情、尖锐的南方人
决心给每个遇见者，留下深刻的印象
因此，一棵树的体积
实际远比我们看到的庞大
特别对于这样有着表达欲望的树
采摘的人，都成了它的一部分，至少是载体
搬运着它的演讲、妙语
它可以说无边无际

因此它到过很多地方
它的触角，甚至越过了河流
它因为自己的抒情气质，实现了

许多复杂的旅行，比如，在我家中
我从几粒木姜子，想起了南山
山水湖，以及那条冷僻的小路
想起我的长辈提到木姜子时
突然亮起来的眼神
我想起自己说过：人们大致分为两种
一种是喜欢它的人
另一种是不喜欢它的人

原来木姜子从来没有孤独过
它有着无形的手臂和脚步
它们既是分散的，也可以认为是一个整体
它们有热情的姿势，也有着绝不妥协的个性
喜欢它们的人因此更喜欢
头痛它们的人则更头痛

在餐桌上，木姜子油
其实那已经是更温顺的木姜子
是经过了编辑加工的木姜子的诗篇
不粗野，只有着小小的个性和聪明
但是已经足够了，足够在人群中间
划出一条细细的分界线
我们借此辨认
哪些像我们一样迷恋着感性和清新

而且外表温和，心中永不妥协

和木姜子一样，带着那些幽闭的

期待着有一天向天空展开的旋梯

旅行着，和木姜子一样

尖锐，饶舌，和木姜子一样热情

同时又令人头痛

有时坐在树叶上清谈

有时热爱着没有目的的旅行

这一切并非源于坚持

而仅仅是源于宿命

2009.11.15

另一个有相同伤口的我

（1986—2002）

给

我坐在屋里
手却在大墙的外面
摸寻着这个秋天最后一片树叶

墙外只有一棵树
它沉默的时候很像我
它从树干里往外看的时候很像我

它几乎每分钟都在长树叶
我们在一起的时候它长树叶
我们不在一起的时候它也长树叶
但两种树叶绝不相同
这你不知道

你想我的时候它长树叶
没想我的时候它也长树叶
但两种树叶绝不相同
这就我知道

它几乎每分钟都在长树叶
然后把它想说的从树枝上掉下来
落在离我的手不远也不近的地方

就在你向这边走来的时候

那片树叶

落在离我的手不远也不近的地方

1986.11.11

我在街上看你们走过

我在街上看你们走过
阳光如尘
一张张陌生的脸
在空中飘来飘去
使人想起一部合唱
我知道人人都会衰老
都会死去
可生活还是让我久久着迷
仿佛身边开满看不见的花朵

我在街上看你们走过
就像看见
一只只斟满生命的杯子
这么多杯子在阳光下摇摇晃晃
是多么容易令人感动的奇迹
我忘记了回家的路
忘记了这是在哪一个城市里
就像一个孩子
因为突然得到意外的糖果
而停止了哭泣

1987.7.6

小　品

夜晚，有人在我身边修剪花枝

脚步轻巧

不曾把我惊醒

而早晨

我已经忘了他们的名字

熟悉的生活

仿佛一些遮蔽

我肯定忽略过

更为重要的东西

比如他们是谁

比如

他们以何种方式

影响到我的幸福

1988.11.1

闲 居

傍晚更加闲远
过去的事物
弥漫在风中和酒杯周围
但我什么也没说

隔着门槛
山色和我互相浸润
低头捉笔之时
多年不见的朋友
几乎碰到我的手指

我闭门不出
一点忧伤把我压住
如同镇纸
压住了就要被风吹走的稿笺

1989.1.23

春天的插枝

是一些很细的东西
连接了
过去、现在和即将出现的我
无论在现实中插得多么深
我还是感到
残缺的自己
带着所有纤巧
正从此刻的大地和天空面前
向上飘走
在接近着
另一个有相同伤口的我

1989.3.10

观　蝶

一些微弱的
易被忽略的事物
慢慢回到我的四周
它们使春天得以继续
加深爱和伤害

我试图
说出这些永恒的事情

当枝条上的一个乐队
用演奏
把更多的东西搬离黑夜

当一场小雨
全部落进某个伤口
缓缓松动的花正打开天堂

百年沧桑
擦着我们心中的那只银杯
而我只能留在自己的小小的生命里
面对庞大的春天发呆
这样的一生难以置信
如同蝴蝶展翅的一刹那

1990.3.9

纸 鸽

没法折出那种简单好看的纸鸽
我总是把自己的犹豫
和周围的夜色一起折进去

把它放在孩子床边
就像留下一封兴之所至的短信
里面有被琴声慢慢举到空中的牧场
折痕很深的日子
以及坐在春天面前的一个美好的疯子

我没法折出那种简单好看的纸鸽
即使在堆满纸条的桌前
这安静的车间里
劳动仍然拖着极其微妙的阴影

微笑的孩子
是否能接受这其中的秘密
可爱的小小玻璃房子
当秋天挟带的石块滚过屋顶
每一块玻璃是否能完好无损

1991.7.4

一本书穿过我

一本书穿过我
像风穿过树林，在暗处
那些人物和歌受到些许阻碍
是平时不能看清的东西
使它们的速度变慢
一只鸟穿过我，引起同样轻微的摩擦
并把它的影子留在我的身体里

1991.8.28

一把刀子

一把刀子细细地刮着夜晚

让天边逐渐发亮

但直到正午

那些黑色粉末仍未运走

它们淤积在

我们关于阳光的交谈之中

1991.9.3

某个夜深人静时刻

某个夜深人静时刻
世界会突然轻声发问

孩子
该交出来了
是疲倦的微笑
还是永久的沉默？

就像把全部的拥有
放上天平
我们难道能挽救那突然的倾斜

台灯下就像有一个
通向黑暗深处的裂口
生活在旋转着消失

如果时间穿过我们
好比流沙穿过沙漏
没有积累
只有循环

那整个庞大的一生
都不能填充眼前这一小段空虚

我可以佯装不知
也可以继续顺水漂流
但我知道
某个夜深人静时刻
世界会突然轻声发问

1996.5.11

玻璃匠斯宾诺莎

我们最好关上所有的电灯
最好忘记所有的比喻

因为有一个人
正在为我们磨着眼睛

让我们所浪费的激情
让我们的怨恨
留在黑暗里

为了明天让我们上路
有人在准备着星星

他的肺里堆积着
越来越多的玻璃

他却说
看吧，用哲学的眼睛看吧
人间的幸福
世界的香料就在那里

1997.4.19

怀　疑

我一直怀疑
在我急着赶路的时候
有人把我的家乡
偷偷搬到了另一个地方

我一直怀疑
有人在偷偷搬动着
我曾经深爱着的事物
我的记忆
如今只剩下光秃秃的山丘

一个人究竟应该走多远
在这个遥远的城市
我开始怀疑
盲目奔赴的价值

在许多的一生中
人们不过是满怀希望的司机
急匆匆跑完全程
却不知不觉
仅仅载着一车夜色回家

1997.4.21

这么多的人

这么多的针在黑暗中闪烁
这么多的人
坐在阳台或者家中
把大海挽在自己的手臂上

天空啊
我一定要向你微微敞开

这么多的人坐在云朵上
这么多的人
坐在我心中
沉默地缝着破旧的大海

1998.5.6

重庆生活

我经历了带刺的空气
经历了几乎窒息的迷恋
从夜晚到夜晚的石梯上
我经历了陡峭的白昼

我经历了密不透风的生活
经历了喘息
短暂的热浪般的幸福

我经历了夏天，经历了抒情
我的皮肤下
曾经布满了燃烧的街道

我经历了重庆
经历了灰烬
我终于可以忘记
自己曾经是一个诗人

1998.12.29

我的儿子声音嘶哑

我的儿子声音嘶哑，双脚
使劲朝上面乱蹬
他的哭显得如此重要
仿佛整个天空
都已赶紧围拢过来

我坐在旁边，微笑着
羡慕地望着他
我有比他充足十倍的理由
却不敢像他这样
全心全意地痛哭一场

1999.1.8

当一个人还很年轻

当一个人还很年轻
他写的东西，会奔跑
会像豹子一样
把藏在黑夜里的人追逐

当他已经年老
写的东西，变得安静
像一面不说话的镜子
只用微弱的光
照着周围的人的空洞

1999.1.29

走得太快的人

走得太快的人
有时会走到自己前面去
他的脸庞会模糊
速度给它掺进了
幻觉和未来的颜色

同样，走得太慢的人
有时会掉到自己身后
他不过是自己的阴影
有裂缝的过去
甚至，是自己一直
试图偷偷扔掉的垃圾

坐在树下的人
也不一定刚好是他自己
有时他坐在自己的左边
有时坐在自己的右边
幸好总的来说
他都坐在自己的附近

1999.10.27

几乎停滞的白天

白天会用它
几乎停滞的速度
来折磨企图做白日梦的人

无法闭上眼——
喧哗的城市
会把它的全部重量
死死压在我的耳朵之上

我可以翻身坐起来
重新呼吸司空见惯的东西
却无法说服自己——
一生如此短促
而一天又是如此漫长

1999.12.4

身体里泄露出来的光

我缝上线的皮肤
像墙的裂缝
刺眼的光从里面泄露出来
把四周照亮

为什么是这新鲜的伤口
为什么是这阵阵袭来的疼痛
在帮助我
看到更多的东西

为什么我喋喋不休
却没说出一句话
为什么我的眼眶里
转动着的始终是一块石头

这难愈的创伤
像一根点燃的灯草
它的那一端
浸泡在被我忘却的存在中

2000.1.4

回　答

我是那个悲泣的人
是那个等待渡船的人
我是那个幸福的人
春天的花粉全在他脸上
是那个绝望的人
乌云的阴影已经快要遮住他
我是那个走在街上的人
我是那个跳舞的人
逃亡的人

我在悲泣着，幸福着，逃亡着
我是他们中的一个
也是他们的总和
这么多个我在悲泣着，幸福着，逃亡着
在身不由己地包围着什么
像桌布四周激动的花边

那中间的正是我从未经历的
现在快了

2000.1.5

一定有……

我的猫喜欢仰着头看我
它睁圆眼睛，一动不动
像是尽量想理解
眼前这一个能活动的东西

而我分不清猫和猫的区别
它们有着同样的声带和表情
死去的和刚生下来的猫
简直像轮流使用着同一个身体

它绕着我打转，却嗅不出
我手里《航海记》的浓烈腥味
它奔跑着，像一盏
跌跌撞撞的灯
周围是它无法照亮的黑暗

和我们一样古老的猫啊
所有比猫更微弱的生命啊
我们活下来，轮流使用着
各自大致相同的身体
我们一定共同构成了某种河流
或者乐谱

多少年了

就像栖息在同一棵树

高低不同的枝丫上

一定有很多不被理解的黑暗

一定有巨大的开始和结束

只是，这已超出了

我们所能思考的范围

2001.2.1

剧　场

那些熟悉的细节，再重新酿造一遍
时间被挤压着，发黑，发出淡淡的酒味

他们相互爱着，但并不肯定
追光灯扑向他们心里的空白

那里是一个水洼，车轮飞过，水珠四溅
是啊，把一颗心中的水珠泼向所有路过的人

行走的人，在停顿后仍将行色匆匆
他们试图遗忘的，夜幕下仍将继续

但人们带走了他们看到的一切
空荡的剧场，仿佛树被拔走后留下的巨大土坑

2001.9.15

春天，在青龙湖

一条小路把我带到这里
而我，沉浸在两种存在的摩擦中

从中间穿过整个寂静的树林
就像回忆昨夜穿过我

像波浪轻易从中间分开
像路分岔，变成更细的两条

一个不能合拢的人
走着，却同时朝着两个相反的方向

2002.4.18

给

好吧，现在我接受你的看法
一个无法分辨雾气和河水的人
永远无法获知自己的边界
我这只盲目的蜻蜓
飞着，看着，听着
却不知谁在驾驶，谁又是乘客

但我不能为此否定这一切——
我在生活的边缘飞着
也在迅速变黑的田野上飞着
正是我看到的，听到的
堆积起来，构成了我的心灵

2002.5.2

景 象

一只鸽子在黄昏面前飞着
像一小块白色橡皮，而且越擦越小

在一本翻开的书里
时间以崩溃的速度运行

像是推着什么在奔跑
笨重的齿轮，紧紧咬住我们的身体

终日阅读的人们，像过度使用的刹车片
在春天里迅速发热、消耗

2002.5.15

给

我摸索着你描述的整个白天
所有可爱的事物
草<u>丛</u>、水池，嬉戏的孩子们
喧哗的风，眼睛里的阴影
以及一本摊开的书上
坐着的灵魂

我没有告诉你
我的手指上迅速扎满了小刺

2002.5.15

李元胜谈诗录

诗歌是一种资源性的写作

　　自由而独立的写作，才是美好和有意义的，诗歌写作尤其如此。美好是指这样的劳动过程，类似于上帝的工作——他不模仿，无拘束，兴之所至，信手拈来，从容创造。而说这样的写作才有意义，需要我们进一步了解写作意味着什么，特别是诗歌写作意味着什么。

　　这里所说的写作，是指文学写作。写作者的价值在于寻找并阐述他所处时代的价值，即在某个时间段落里，人类生存的价值和意义。写作者以这样的方式，创造作品，用它们来启发、安慰或激励同一时代的人。文学创作是人类最珍贵的精神劳动之一，它们与其他众多的精神劳动一起完善和修复着人类的文化系统，使它们能够不断调整，适应着全新的时代，更重要的是规划或定制着下一个时代。

　　任何一个时代都是纷繁迷乱的整体。可能人们有一个错觉，对于逝去的时代，我们更好归纳和把握，更容易看清它的结构和特点。其实，是前人为我们整理了那个时代，并赋予它以秩序。我们对逝去的时代能理解多深，取决于历史的整理者能做得多么精确和完美。文学创作，不管它写作的题材是什么，即使是历史题材，都不可避免地反映出当代社会和人们的精神现场。

经历着这个特定的时代，人们的心里究竟掀起过什么样的波澜，这些波澜和其他时代的有什么不同，它们发生了什么样的变化。这些波澜和变化，非常适合用文字艺术进行把握和推敲。小说家依靠故事，在一个预设的结构里模拟具有时代特征的人和事。散文家依靠的是真实的材料和聊天般的自由——这是一个多么适合沉思的文体，可以把整个时代，也可以把一些微不足道的细节，放进散文的沉思中。诗歌要做的则格外不同，它依靠语言的复杂性，来表达出某个时代的幽微和独特经验。

人类的语言是一个开放的花园，只有暂时的栅栏，而在生机勃勃的植物中，诗歌永远是越过栅栏的勇敢枝叶，它通过破坏或者逾越栅栏来体现自己的独特创造性。所以它永远盛开在花园的边缘，依靠诗人敏感的直觉伸向未知。

那么，诗歌仅仅是为了勇敢才这样做的吗？其实不是。它只是为了完全自己的任务，在有限的文字中，要表达全新的经验，必须有与之适应的全新言说方式。那么，是否仅仅是诗歌在翻越语言的边界呢，其实也不是。语言在日常使用中，也在发生急速的变化，超越陈旧的语言系统，以新的言说方式来完全新的表达，正是每一种活着的语言的日常功课。

只是，在诗歌写作这里，全新的言说更为集中和重要。宋玉说，"夫风生于地，起于青蘋之末"。在人类的精神活动中，诗歌所处的位置，就很接近于宋玉的描述。诗歌是一种非常敏感的文体，它非常适合闪电般的思绪，突如其来的联想。也许，一个时代正在酝酿的大风潮，诗歌已经可以书写它感觉到的风暴之前空气中的腥味。也许，一个剧变刚刚发生，还来不及对它进行系统的整理，但诗歌已经可以脱口而出，写出这个剧变最有代表性的某个特点或侧面。

诗人的个体写作，正是及时而准确地表达出敏感心灵的波动。而这个过程，最适合在孤独的状态下独立完成——只有孤独能带来注意力的高度集中，一首诗的旅行才有可能走得更远。

不管诗人习惯什么样的风格，偏爱什么样的语言工具，他们的内心是相对封闭，或者完全开放。他们的作品却不是孤独的，它们和时代有着千丝万缕的联系，它们只是时代的局部造像。有人喜欢说伟大的作家超越了他所处的时代。这其实只是说，每个时代都是复杂的，它在某些方面很可能已经孕育着下一个时代的胚胎或方向。

而诗歌更是一种探索性的、上游性的、资源性的写作，敏感的它也许表达并不完整，并不系统，但是它领先。它为下游的文化活动或其他社会活动提供着营养。这营养是否有限，取决于这个时代的诗人的创造性，也取决于这个时代人们的领悟能力。一首诗，可能直接读它的人并不多，但经过了二手、三手、四手的解读和摘抄后，它有可能出现在小说、散文、电影甚至房地产广告中。

尽管我个人非常赞赏诗歌作为工具，能够直接加入到推进社区、城市或国家的进步中。但我的个人倾向不能改变诗歌自身的规律：它更关注人们内心的波澜和断裂，它孤独前行，无视商业和名声。事实上，它走得越远，对时代而言，它能提供的就更及时、更丰富。

诗歌更适合作为一种精神资源，发挥它对社会的独特作用。

作者注：本文及另外三篇文章，均为作者在即兴发言基础上校正整理而成的。特别感谢老友黄尚恩等录音记录者。

诗歌的进展永远是缓慢的

我20世纪80年代关注的是国外的诗歌，基本上不怎么读国内诗人的作品，20世纪90年代对国外诗歌没兴趣了，高度关注国内诗人的作品；但是这个所谓的高度，并不是高密度，而是在自己工作之外的业余时间，一个月有几天时间集中研读。这已经非常奢侈了。之后，阅读诗歌的节奏放得更慢。我记得是从1995年之后集中研究国内诗歌的，一年就几次。2000年，频率刷新，原因是网络诗歌的出现，让我非常兴奋地读到从没有见到的一些新诗人的诗作，那个时候，每个星期都会有一天时间研读他们的作品，非常受鼓励。从最近三年的情况看，阅读节奏变回去了，一年只有几次时间会去研读自己感兴趣的作品。

我个人一直认为，在2000—2010年的十年间，中国诗歌完成了一个平民化的过程。过去，中国是分化的两块，当然这仅仅是发表的途径而言：主流的刊物，精英代表读者作出选择，比如青春诗会；另外就是地下诗歌运动，是一种更自由的写作，没有约束，没有裁判，但是圈子化过于明显。2000年开始，中国诗歌版图发生变化，网络发表便捷了，很多那些既没有被刊物选择，也没有被圈子选择上的，即处在选择或关注盲区的诗人，喷发出来，这证明了中国诗歌所积蓄的强大的原创力。我们积累了很多没有被发现的优秀诗人。在2000年到2005年，大概40多位新的诗人进入诗坛，被大家接受，2005年以后，你想在网上集中寻找到这么多的诗人，实际上已经不大可能。就文学而言，有抑制，就会有喷发。从20世纪50年代到70年代的抑制，造成了80年代的文学繁荣。

所以我觉得到2010年以后，我阅读的节奏是正常的，10年网络诗歌运动已经完成了对抑制的弥补，而新诗成长的通道全面贯通，相对更加公平，不同写作背景、写作风格的诗人，只要是具备实力，都能通过不同途径让人家发现、注意。在此之后，我们发现，途径不是根本的原因，写作才是最重要的。事实上，中国诗歌的进展是缓慢的。繁华的背后，从80年代到现在，中国当代诗歌的变化远比我们想象的小。我们完全可以把80年代的某一首诗拿到现在来发表，我曾经做过一个实验，就是选了一首80年代的诗歌，然后让大家看，没人能看得出来，它究竟是80年代写的还是现在写的。大家可能没想到，因为你确实可以在诗歌中找到很多有80年代元素的诗歌，而80年代也有一些诗歌和我们当下写作非常相似。诗歌的发展速度不会太快，快的只是它的外表，真正有价值的东西，进展是缓慢的，这也是非常正常的。

我曾经在一次研讨会上说过，我们当代诗歌写作，是缺乏文化背景下的写作，有些人会反对说，我们的诗歌传统那么悠长，怎么会没有背景。我固执地认为，每个人的写作永远不可能是孤立的，因为语言是相连在一起的，你的写作是把你自己的很多东西放在一个背景下比较，这个作品是在比较的压力下产生的，反过来，可以把它和这个背景的联系作为判断这个作家的一个坐标。之前的唐诗宋词是在农业文化背景下写的，诗人每写一句诗都知道自己与其他诗人相比，有多长的物理距离，我觉得唐人清楚地知道自己每写一首诗，事实上究竟走了多远。这是很令人安慰的。但是我们正在建构的现代文化，正在迅速建立，也在不断摧毁旧的农业文化，所以我们可以比较的背景是非常模糊的，我们需要一边写作一边建立背景，所以非常艰难。所以说，新诗爆发、产生大诗人，言之太早太早。目前的创作在将来的诗歌史上只是一个微小的斑点，很多人的写作并没有达到给汉语带来革命性进展的程度，但是我们还要写。我们承认这个缓慢，但是还是要为它付出努力。

我由此想到美国，这个国家最没有传统，但是美国诗歌的发展线索清晰，早期优秀的诗人是靠建立与上帝的关系获得自己的写作，比较典型的是狄金森，她是永远在自己身边的生活琐事、细节中寻找与上帝的联系，她的诗歌就是展现这个寻找的过程，写出了我们喜欢的诗歌。而卡佛的诗歌，是靠剪断与上帝的联系来发现自己的诗歌，他们的过程很有意思。它是从神性到人性，从整体到碎片，这么一个蜕变的过程，美国诗歌史是一个神的谢幕的历史，这是我阅读的时候产生的感觉。

但中国当代诗歌刚开始有一种虚假的神性，因为我们没有文化背景，很宏大的命题，自己给自己造神，不管是社会的神、文化的神、宗教的神。最终，我们发现我们无法说服自己，诗人们不约而同地回到碎片式的写作，但同时也出现了诗人们借助隐喻，寻找真正神性的现象。我们处在这样一个开阔的写作阶段，为后来的写作创造背景的背景，靠个人化的碎片化的写作是远远不行的，我们必须要寻找新时代的最核心的种种要素，它们就是我们写作所需要的神性。

世界影响下的写作与当代中国经验

诗歌写作，在漫长的中国历史上，虽偶有国器之重，教化之寄托，甚至长歌当哭也是有的，但多数时候，它仍然属于雕虫小技。不过，我看重雕虫，甚于时代重器，东方人的心灵，有一些是玲珑可雕的，这是一件伟大的事情，想起来就美得不行。

《诗经》里，赋比兴，是常用的雕虫术，其中的兴，最有意思，把不相干的事情联系在一起，它们会组合出一种特别新鲜的语感。兴是中国古典诗歌技巧中，最具有现代性的，它给了诗歌一种特别的自由。这种自由让我想起庄子的《逍遥游》，中国先哲中，最有想象力和自由精神的思想。在他的表述中，我们发现物我的界限并不封闭、结实，物我经常处在互涉或互相转化的过程中。

但是庄子的自由，并没有成为中国传统文化的主流，它只是给了一些知识分子隐居和旷达的理由。中国传统文化都有严谨和冷峻的一面，所以同样源自东方的佛教，很容易就在中国大地上扎下根来，它和儒教一样，偏向于克制人性，隐忍负重。

幸好，我们有诗歌。诗歌是制度和理性难以管束的艺术形式，在人类的心智活动中，它最接近闪电，那不期而至的光亮瞬间照亮了人类尚未探索明了的黑暗地带。不管一个写作者，有着多么厚重的教化和逻辑，但是诗歌在写作时，时常突破这一切，那些神奇的闲笔，毫无预料的天外之音，是诗歌最有价值的灵性部分。

我读大学时，学的是工科，每天都在谨慎地学习和探索人类理性的大厦，这样的大厦是建立在坚实的逻辑（反映到具体的学科中它们常常是一系列完美而复杂的方程式）上的。一切必须计划周全，不允许错误的发生，工程学给我的训练就是这样。但是我自己迷上了诗歌，从中国古典诗歌，到外国现代派的作品，带给我的是人在精神大地的自由行走，没有边界，没有错误，一切都可能是新的道路、新的未来。

我经常会忘掉诗歌作者的国籍，诗歌能够被翻译过来的部分，带给我的往往是语言的闪电，那些迷途中突发的联想与发现，带来新的柳暗花明。我读里尔克的《秋日》，想起的是《诗经》的兴，我读博尔赫斯的时候，时常想起庄子的逍遥。

或许，我们经历的正是一个全社会的高速现代化过程，古今中外的各种思想碎片，通过不同的渠道，汇聚到我们的心灵。我们甚至来不及仔细分辨哪些来源于欧洲，哪些来源于美洲，我们心灵成为紧张工作的熔炉，把这些碎片融化吸收，成为自己心智的一部分，或者说，它们有的启发着我们，有的则直接成为我们发掘自我的工具。

所以，在我和自己的写作逐渐成长的过程中，我们受到的影响是世界性的，外来文化能够被吸收的都在不知不觉中吸收了，不能消化的则是身外之物，或者等待新的机缘。

我相信这正是这个时代写作的常态，深植于幽深而狭窄的单一文化的写作或许有，应该非常稀少，多数的写作则深受各种外来文化的启发和影响。但不管如何，这些启发和影响，只是让我们有更多的角度和方法，来探测我们单个心灵所承受的时代倾轧。我们要处理的，是来自高速城市化进程中的今日中国的个人经验，任何阅读和影响，都无法代替这个经验。它们始终是我们写作最重要的资源，决定着我们写作的面貌和基调。

不曾打开的窗子

　　在三十多年的诗歌写作中，偶尔，我也推敲过一个无关紧要的问题——我究竟属于哪一类诗人？为什么会一直写到现在。

　　诗歌写作中，我常常处于一种陌生的无知状态，而且，我自己格外迷恋这一点。

　　怎么形容这个状态呢？它就像一次意外停电，眼前一片漆黑。数千年来引导和教育我们看清事物轮廓的烛火、灯光暂时隐退了。我们得靠自己摸索，找到没有被打开过的窗子，否则，我们就得永远待在这地下室一般的漆黑里。

　　找到窗子，打开它，让光线照进地下室来。如果没有窗子呢？就更野蛮地凿出一个洞来。也可能没这么糟，地下室只是半明半暗，窗也只是半开，那么，尽力把它完全推开就行了。

　　不管使用哪一种方式，诗歌就这样产生了。它找到了新的知识、新的逻辑，它们重新勾勒出了事物的边缘——很明显，和我们以前看到的不同。

　　所以，最重要的是在诗歌产生之前的那些瞬间，那些漆黑，那让我们突然变得无知的陌生状态。这种漆黑并不只针对光线，还关乎重量和速度。它同时是一个时间变慢的过程，慢到几乎要停止。它同时是一个失重的过程，我们连同身边的东西一起开始飘浮起来……

所以，我是那种喜欢自己摸索着寻找窗子的诗人。这个过程，既清醒又沉醉，清醒于寻找线索时的警觉，沉醉于所有素材——那些经验的复杂性。在这个过程中，我们使用了语言的工具，用它来撬开已有的窗甚至凿出全新的。在这个过程中，语言的锈蚀被磨掉了，它也露出了全新的反光。

这并不是说，我们用一层纸隔开了生活，而是，生活的缝隙在我们面前变得更刺眼、更清楚了。回忆中的事物和眼前的事物互相重叠，拼凑出全新的景象，时间不再连贯，它是错层的、螺旋的。那些熟悉的事物，不再像一层壳那样严实地包裹着我们。它们露出了缝隙，遥远宇宙的光照射了进来。我实在不能错过这样的缝隙，它们应该成为能提供更多视野和新鲜空气的窗子。

我刚才说到哪里。哦，宇宙。是的，就是宇宙。每当我想到这个词，就会有轻微的失重感。我们的知识，只照亮了宇宙微不足道的角落，而生活在这个角落里，是我们的宿命。当一个苹果从树上掉下来，它的背景是这个角落时，我们有可能获得一个物理学家。当一个苹果从树上掉下来，它的背景是整个宇宙的时候，我们有可能获得一个诗人。宇宙包含着所有的时间和空间，即使最庸常的城市生活，放到这个背景里去观察的时候，也会呈现出奇异的光彩。

在我个人的眼里，这光彩是悲伤的，也是狂喜的。所以，我就是这一类诗人，想在身边的所有细节中找到来自宇宙的光芒。如果我们没有找到，那说明，还有一扇最重要的窗户未曾打开。

而且，我相信它就是深蓝色的。

李元胜诗歌创作年表

（诗集22部）

《校园草》（1981—1983）

《我和我的城市》（1984—1985）

《独白与对话》（1986—1991）

《他们》（1988）

《花剪与玫瑰》（1986—1990）

《另一个有相同伤口的我》（1987—1989）

《玻璃箱子》（1990）

《迟疑》（1991—1992）

《光与影》（1992—1993）

《树叶上的街道》（1996—1997）

《纸质的时间》（1998）

《重庆生活》（1998—2000）

《身体里泄露出来的光》（2000—2001）

《景象》（2002）

《尘埃之想》（2003—2005）

《因风寄意》（2007—2009）

《总有此时》（2010）

《无限事》（2011—2012）

《我想和你虚度时光》（2012-2014）

《命有繁花》（2015-2016）

《忘机之年》（2016）

《沙哑》（2016-2017）

李元胜诗集出版列表

《李元胜诗选》重庆出版社 1994 年出版

选自《独白与对话》《花剪与玫瑰》《另一个有相同伤口的我》《玻璃箱子》《迟疑》《光与影》

《重庆生活》重庆出版社 2003 年出版

选自《树叶上的街道》《纸质的时间》《重庆生活》《景象》

《无限事》重庆大学出版社 2012 年出版

选自《尘埃之想》《因风寄意》《总有此时》《无限事》及部分早期作品

《我想和你虚度时光》重庆大学出版社 2015 年出版

选自《我想和你虚度时光》及部分早期作品

《时光笔迹》重庆大学出版社 2017 年出版

跨界作品：诗歌主题手账

《独白与对话》西南师范大学出版社 2017 年出版

1986—1989 诗选

《纸质的时间》中国书籍出版社 2018 年出版

1990—2009 诗选

图书在版编目（CIP）数据

无限事：典藏版 ／李元胜著.—重庆：重庆大学
出版社，2018.8（2022.2重印）
ISBN 978-7-5689-1030-9

Ⅰ.①无… Ⅱ.①李… Ⅲ.①诗集—中国—当
代 Ⅳ.①I227

中国版本图书馆CIP数据核字（2018）第041447号

无限事：典藏版
WUXIAN SHI：DIANCANG BAN

李元胜 著

策 划：重报图书

责任编辑：陈晓阳 汪 鑫
责任校对：夏 宇
书籍设计：何海林
责任印制：张 策

重庆大学出版社出版发行
出版人：饶帮华
社址：（401331）重庆市沙坪坝区大学城西路21号
电话：（023）88617190 88617185（中小学）
传真：（023）88617186 88617166
网址：http://www.cqup.com.cn
邮箱：fxk@cqup.com.cn（营销中心）
全国新华书店经销
印刷：重庆升光电力印务有限公司

开本：787mm×1092mm 1/16 印张：10.75 字数：132千
2018年8月第1版 2022年2月第2次印刷
ISBN 978-7-5689-1030-9 定价：48.00元